अनबाउंड स्क्रिप्ट

5 जीवों से बातें

प्रो. अनिता गोपेश

5 जीवों से बातें

प्रथम संस्करण : दिसम्बर, 2025

ISBN : 978-93-47125-90-4

प्रकाशक : अनबाउंड स्क्रिप्ट
2/41, अंसारी रोड, दरियागंज, दिल्ली-110002
वेबसाइट : www.unboundscript.com
ई-मेल : books@unboundscript.com
फोन नं. : 011-35807601

5 JEEVON SE BAATEIN
Written *by Prof.* Anita Gopesh

मुद्रक : विकास कंप्यूटर एंड प्रिंटर्स, गाज़ियाबाद, उत्तर प्रदेश

मूल्य : ₹125/-

अनुक्रम

मकड़ी रानी बड़ी सयानी

बच्चों, तुमने अपने घरो में, बगीचों में, झाड़ियों के बीच अपने जाले या धागे से लटकती मकड़ी को ज़रूर देखा होगा। आलसी की तरह अपने जाले के बीच बैठी इस मकड़ी को देखकर क्या तुम कभी सोच सकते हो कि यह मकड़ी बहुत अच्छी इंजीनियर भी हो सकती है। अगर तुम उसके जाले बुनने के ढंग के बारे में जान लो तो तुम ये मान जाओगे कि ये छोटी-सी मकड़ी सचमुच एक कुशल इंजीनियर है। बेशक उसकी इंजीनियरिंग उसके ही लिए होती है, हमारे लिए नहीं। उनके पुल बनाने का ढंग हमारे इंजीनियरों की तरह ही होता है। जब नियाग्रा नदी की पतली घाटी पर पुल बनाया जा रहा था तब ऐसे ही पतंग की सहायता से उस पार तक डोरी फेंकी गई थी और फिर पतला तार और उसके बाद भारी तार इस पार से उस पार तक पहुँचाया गया था।

अपने कमरे में लेटने पर, ऊपर छत पर जाला बुनती मकड़ी को देख, कभी तो तुम्हारे मन में इस मकड़ी के बारे में जानने की उत्सुकता जगी होगी। तो लो, आज मैं तुम्हें इन्हीं मकड़ी रानी के बारे में कुछ मज़ेदार बाते बताने जा रही हूँ।

सबसे पहले तुम्हें एक ऐसी बात बताने जा रही हूँ, जिसे सुनकर तुम हैरान रह जाओगे- वह ये कि ये मकड़ी, बिच्छू के परिवार की सदस्य है। यूँ समझो कि ये मकड़ी रानी, बिच्छू जी की सगी छोटी बहन है। बिच्छू की तरह ही इनमें भी जहर पाया जाता है, पर सब प्रकार की मकड़ियों में नहीं। मकड़ियों की बहुत-सी जातियाँ है, जिनमें से कुछ ही विषैली होती है।

इनके शरीर को पास से देखा हो कभी तो तुम्हें पता होगा कि इनके आठ पैर होते हैं। जबकि दूसरे कीड़ों में छः ही टाँगे होती हैं। दूसरे कीड़ों की तरह इनके शरीर के तीन नहीं बल्कि दो ही हिस्से होते हैं- एक सिर और दूसरा धड़ और पेट के मिलने से बना एक अंग "सीफेलोथोरेक्स"। मकड़ी के पैरों की बनावट खास तरह की होती है क्योंकि धागा बुनने में पैरों का ही काम होता है। इन पैरों पर कंघे के दाँतों की तरह काँटे लगे होते है। इन दाँतों में से एक दूसरे दाँतों की अपेक्षा छोटा होता है। मकड़ी इन्हीं से अपने धागे को मजबूती से पकड़े रहती है। ये पंजे मकड़ी को अपने धागे पर चढ़ने में सहायता देते हैं। जैसे-जैसे वह धागे के ऊपर चढ़ती जाती है, अपने हाथों की सहायता से धागे को लपेटती जाती है जिससे धागे का एक गेंद-सा बन जाता है जिसे वह अपने पेट के नीच खिसका देती है। उतरते समय इसी गेंद के डोरे की सहायता से नीचे चली जाती है।

इसके अलावा, इन दाँतों से वह हर प्रकार की सफाई, शिकार पकड़ने और धागे बुनने के काम भी लेती हैं। वह अंग जिससे मकड़ी अपना जाला बुनती है 'स्पिनर' कहलाता है। यह पेट के अन्तिम भाग के पास होता है। ये धागा बुनने वाली कुछ उँगलियाँ होती हैं जिसमें

छोटी-छोटी बहुत-सी नली और रील होती है। जाले का घेरा बुनने वाली मकड़ियों में छः उँगलियाँ होती हैं, उनमें से एक छोटी होती है जिसके ऊपर बहुत छोटे-छोटे बिन्दु भी होते हैं। धागा इन्हीं के चारों ओर लिपटा रहता है। शुरू में ये रील मोटी और अन्त में पतली होती है जैसे तुम्हारी पेंसिल की नोक। इन छः उँगलियों पर कुल छः सौ अस्सी रील दिखाई देते हैं। धागा बुनते समय ज़रूरत पड़ने पर मकड़ी के ये अंग एक जगह सिकुड़ जाते है, "जैसे हम मुट्ठी बंद कर लेते हैं वैसे ही। ऐसे मजबूत हो जाता है"।

अलग-अलग मकड़ियाँ, अलग-अलग ढंग के जाले बुनती हैं। कुछ यूँ ही आड़े तिरछे धागो को उलझा देती है तो कुछ वृत्ताकार जाला बुनती है। कुछ चौकोर, कुछ तिकोन तो कुछ पैराशूट से आकार वाले बनाती है। इनके जाले के चार भाग होते हैं जिन्हें तुम "भण्डार", "खाने का कमरा", "प्रतीक्षा कक्ष" और "विश्राम कक्ष" कह सकते हो। जाले के मध्य विश्राम कक्ष होता है जहाँ अक्सर मकड़ी बैठी हुई दिखाई देती है।

जाला बुनने की गति के बारे में, तुम्हें मैं उस कहानी की याद दिलाऊँ, जो शायद तुमने कहीं पढ़ी या सुनी होगी- कहानी यूँ है कि एक अंग्रेज़

अपने दुश्मन, रेड इण्डियन जो बराबर उसका पीछा कर रहा था, के डर से एक गुफा में जा छिपा। डर के मारे बेचारा वहाँ बैठा ही था, कि कहीं से वरदान की तरह एक मकड़ी रानी आ टपकी और इन्होंने झटपट गुफा के द्वार पर एक जाला बुन दिया कि उस अंग्रेज़ के दुश्मन वहाँ आए तो ये सोच कर लोट गए कि ''ये गुफा तो जालों से घिरी है, यहाँ नहीं गया होगा वह'' और इस तरह मकड़ी की बदौलत उसकी जान बच गई।

पतझड़ में, जब हम सबका मन कुछ आलस भरा उठता हो, मकड़ी रानी भी विश्राम को चली जाती है। यही समय होता है उनके अण्डे देने का। परन्तु बसन्त के आते ही, मकड़ी रानी तरोताज़ा हो, दुगने उत्साह से सूर्य की रोशनी में काम में जुट जाती है। यहाँ पर एक बात ये बता दूँ कि मकड़ी को सूर्य की किरण और ओस की बूँद बड़ी प्रिय होती है। मकड़ी के बच्चों को ओस की बूँदे चाटना बड़ा ही भाता है।

बगीचों में अक्सर सुनहले रेशम की चादर के समान लटकती हुई झालर दिखाई देती है। इस झालर के भीतर हमें बड़ी चालाकी से एक साथ रखे हुए बहुत से अण्डे मिलेंगे।

अण्डों से निकलने के तुरन्त बाद ये बच्चे निस्सहाय और खुद खाना खा पाने में असमर्थ होते हैं। जीवन संघर्ष में प्रवेश करते ही ये अपने पिछले पैरों से अपना पुराना खोल उतार देते हैं। चमड़े का खोल बदलने की ये प्रक्रिया नौ-दस बार होने के बाद ये पूर्ण विकसित मकड़ी कहलाने लगते है। इसी समय से ये धागा बुनने की

प्रक्रिया सीखने लगते है जिसमें माँ पूरी मदद करती है। इन बच्चों की प्रथम उड़ान बड़ी रोचक होती है। ये बच्चे किसी ऊँचे स्थान पर चढ़कर उड़ने के लिए अपने धागों से जहाज जैसा एक यंत्र बनाते हैं। इसके बाद वे कूदकर धागे के सहारे उड़ने लगते हैं। इसके सहारे वे दूर-दूर उड़ जाते हैं। ये धागा उड़ते समय हवा के झोंके से लम्बा होता जाता है। प्रायः शाम को टहलते समय ये धागे आकर हमारे मुँह से लिपट जाते हैं जिसे हम आसानी से देख नहीं पाते। इन धागों को "गौसामर" कहते हैं। जब कभी एक आयु और प्रजाति के बहुत से बच्चे मिलकर हवा में प्रथम उड़ान लेते हैं तो गौसामरों की अच्छी खासी बदली-सी छा जाती हैं।

इन धागों के साथ सर्वप्रथम ये जहाँ टकराते हैं वहीं ये अपना घर बना लेते हैं और इस प्रकार बच्चों के दूर-दूर पहुँच जाने से हर मकड़ी अपनी रोज़ी रोटी का इंतज़ाम भली-भाँति कर सकने में समर्थ हो जाती है। साथ ही मकड़ी की जाति का विस्तार भी होता है। जब मकड़ी के सारे बच्चे उड़ जाते है तब वह स्वयं मर जाती है, शायद यह सोचकर कि ''अब वह धरती पर बोझ क्यों बने ?''

इसके जाले के चारों ओर दौड़ने वाले धागे, केन्द्र पर ही मिलते हैं- इसीलिए मकड़ी केन्द्र में ही बैठती है ताकि सारे सूत्र उसके सम्पर्क में रहे। स्पर्श का तीव्र ज्ञान होने के कारण सम्पूर्ण परिवेश में कहीं कोई घटना हो इसकी खबर मकड़ी को तुरन्त लग जाती है।

तुम्हारे साथी गुटरगूँ कबूतर

बच्चों, शीर्षक सुनते ही तुम ज़रूर समझ गए होगे कि हम तुमको आज किसके बारे में बताने जा रहे हैं। क्यों समझ गए न? हूँ, ठीक समझे तुम। हम तुमको आज कबूतर के बारे में ही बताने जा रहे हैं। तुममें से हर एक ने कबूतर ज़रूर देखा होगा, बल्कि रोज ही देखते होगे। अपने घरों की बालकनियों, रोशनदानों, बरसातियों में, मुंडेरों पर या कोर्निशों पर, बड़ी-बड़ी इमारतों की दीवारों में, ईंटों के बीच की जगहों में या फिर पक्के कुओं की दराजों में तुमने इन्हें ज़रूर ही गला फुलाकर, "गुटरगूँ-गुटरगूँ" करते देखा-सुना होगा। उनके रंग-रूप, आकार-प्रकार, रहन-सहन और तौर-तरीकों के विषय में तुमने शायद ही कभी सोचा हो। तो, लो आज हम तुम्हें कुछ बातें इनके बारे में बता रहे हैं।

कबूतर अधिकतर समूहों में रहा करते हैं या फिर एकल जोड़ों की तरह। ये हमारे देश में हर जगह पाए जाते हैं। इनकी कई किस्में हैं। एक तो वे जो तुम प्रायः देखा करते हो, जंगली कहे जाते हैं। ये आजाद

तबीयत के होते हैं और इन्हें पालतू नहीं बनाया जा सकता। ये नीलापन लिए हुए, सिलेटी रंग के होते हैं। गर्दन पर हरे चमकीले बालों की कंठी-सी होती है। आँखों का रंग लाल और पैर सिलेटी गुलाबी होते हैं।

इनके अलावा पाँच दूसरे प्रकार के कबूतर और होते हैं जो कि सब पालतू होते हैं। आकार तो सबका वैसा होता है जैसा 'जंगली' का, पर ये रंग और आदतों में 'जंगली' से अलग होते हैं। इनमें से एक होता है ''गिरहबाज कबूतर''। ये आकाश में उड़कर तरह-तरह की कलाबाजियाँ दिखाते हैं। उड़ने में ये सबसे तेज होते हैं और आसमान पर सबसे ऊँचा उड़ सकते हैं।

दूसरे प्रकार के कबूतर का नाम ''शीराज़ी'' है। ये उड़ने में तो कमज़ोर होते हैं, पर देखने में बहुत ख़ूबसूरत होते हैं। ये प्रायः गुलाबी रंग के और ''गिरहबाज'' से थोड़े बड़े आकार के होते हैं।

कबूतरों में तुमने कभी मोर की तरह के कबूतर देखे हैं? देखे हो या न देखें हो, फिलहाल होते तो हैं ऐसे कबूतर। ये रंग आकार सब में मोर से भिन्न होते हैं पर इनके पूँछ वाले पंख नाचते वक्त उठ जाते हैं। इनके पंख मोर की तरह गिरते नहीं, हमेशा ऐसे ही पंखें की-सी आकृति में खड़े रहते हैं। इनका रंग ज्यादातर सफ़ेद होता है। इनका ज्यादा समय नाचते हुए ही बीतता है। अब चौथे प्रकार के कबूतर के बारे में

हम तुम्हें जो बताने जा रहे हैं वह बड़ी ही मजेदार बात है। सुनकर तुम सब ज़रूर हँसोंगे। इस प्रकार के कबूतर को ''लोटन कबूतर'' कहते हैं। अच्छा बच्चों, इसके नाम से ही कुछ इसकी आदत का अन्दाजा लगाओ। नहीं लगा पाए! तो सुनो, इन कबूतरों को अगर एक बार मुँह के पास लाकर, फूंक कर जमीन पर छोड़ दो तो ये लोटना शुरू कर देते हैं और लोटते ही जाते हैं, लोटते ही जाते हैं। जब तक कि इन्हें दुबारा हाथ में न उठा लिया जाए। अगर इन्हें उठाया न जाए तो लोटते-लोटते ये जान भी दे देते हैं। क्यों बच्चों ''यथा नाम तथा गुण'' वाली कहावत बिल्कुल सही उतरती है ना इन कबूतरों के मामले में? हाँ, तुम्हें इनका रंग तो बताया ही नहीं। तो बच्चों, ये हर रंग के होते हैं - काले, सफ़ेद, गुलाबी, चितकबरे और मिले-जुले रंगों के।

पाँचवी और अन्तिम प्रकार के कबूतर किसी समय में हमारे बड़े काम के रहे हैं इनको ''चाहना'' कबूतर कहते हैं। ये टुकड़ियों में उड़ते हैं और इनको अपने घर को पहचानने की शक्ति इतनी तेज होती है कि पुराने समय में इनसे चिट्ठियाँ एक जगह से दूसरी जगह भिजवाई जाती थी। जाहिर है कि ये बुद्धिमान भी कबूतरों में सबसे ज्यादा होते हैं। ये भी हर रंग के होते हैं। तो बच्चों ये तो हुए कबूतरों के छः प्रकार। अब जान लो इनके रहन-सहन के विषय में कुछ बातें। ये अनाज और फल-फूल खाते हैं। तेज भूख लगने पर कंकड़ भी खाकर पचा लेते है। कबूतर पालने वाले ''करमल" नाम का एक खास किस्म का दाना कबूतरों को देते हैं। नर कबूतर जब प्रसन्न होता है तो ''गुटरगूँ-गुटरगूँ'' की ध्वनि करता हुआ गले के बालों को फुलाकर मादा के सामने नाचता है, उसे आकर्षित करने के लिए। मादा कबूतर लगभग हर महीने दो अण्डे देती है जिसे नर और मादा मिलकर 21 दिन तक सेते हैं। शुरू के दिनों में बच्चे बाहर का कुछ भी नहीं खाते। मादा अपनी चोंच से बच्चों को खिलाती है। मादा के पेट में एक थैली होती है जिसमें दूध रहता है। इसे ही कबूतरी अपनी चोंच से बच्चों को पिलाती है। ये दूध दूसरी सभी खाने की वस्तुओं से अधिक ताकत देने वाला होता है। फिर धीरे-धीरे माँ-बाप दोनों मिलकर बच्चों को उड़ना सिखाते है। पूरी तरह उड़ने में बच्चे को सिर्फ एक महीना लगता है।

तुमको मालूम है बच्चों, ये उड़ते कैसे हैं? इनकी हड्डियाँ हम लोगों की हड्डियों से अलग ढंग की होती हैं। ये अन्दर से खोखली और हल्की होती हैं। इनकी खाली जगहों में हवा भरी होती हैं। इसके अलावा, इनके अन्दर हवा की थैलियाँ होती हैं जो बहुत ही पतले चमड़े की बनी होती हैं। ये इनके फेफड़े से जुड़ी रहती हैं जिनसे इनमें बराबर हवा आती-जाती रहती है। जैसे गुब्बारों में हवा भर दो तो वो ऊपर उड़ने लगता है वैसे ही इनका बदन हल्का होकर ऊपर उठने लगता है। फिर ये अपने पंखों और पूंछ की मदद से उड़ पाते हैं। इनकी पूरी बनावट ही इस तरह की है कि उड़ने गें मदद मिले। उड़ने की रफ्तार सबसे ज्यादा होती है "गिरहबाज" कबूतरों की। ये एक घंटे में लगभग पचास मील चल लेते हैं। कुछ कबूतर तो जो उड़ते है तो अक्सर शाम को ही अपने घर पर उतरते हैं। तुमने शायद कभी कहीं इन्हें सैकड़ों के झुण्ड में उड़ते देखा हो। जब ये एक

साथ आसमान पर सैकड़ों की संख्या में उड़ते हैं तो दृश्य देखने लायक होता है। तुम लोगों ने बचपन में शिकारी के जाल में फँस जाने पर साथ मिलकर पूरा जाल लेकर उड़ जाने वाले कबूतरों की कहानी पढ़ी या सुनी ज़रूर होगी।

इन कबूतरों से हमें कई लाभ होते हैं। आज से नहीं बल्कि पुराने समय से ही ये किसी न किसी रूप में हमारे काम आते रहे हैं। पुराने ज़माने में जब पत्र आने-जाने का कहीं कोई जरिया नहीं था, इन कबूतरों से पत्र भिजवायें जाते थे। जैसाकि हमने पहले बताया, ये अपने रहने के स्थान के ऐसे पारखी होते हैं कि इन्हें कहीं से भी उड़ा दीजिये, फिर अपने उसी स्थान पर वापस आ जाते हैं। तो इनके गले में पत्र बाँधकर इन्हें छोड़ दिया जाता था उस स्थान के लिए जिसे पहले इन्हें दिखा दिया गया होता था। वहाँ उतर कर ये पत्र दे देते थे और यदि ज़रूरत होती तो पत्र का उत्तर लेकर फिर वापस आ जाते थे। पहले युद्ध के समय में संदेश इन्हीं से भेजे जाते थे।

कुछ लोग कबूतर पालने के शौकीन होते हैं। नवाब और बादशाहों का तो ये बड़ा ही खास शौक हुआ करता था। इनको खास तरह से सिखाया पढ़ाया जाता था। फिर बादशाह आपस में, इन कबूतरों के माध्यम से एक जुआ-सा खेलते थे। वो बादशाह तय करके अपने-

अपने घरों से कबूतरों के झुण्ड उड़ा देते थे और हल्ला करते थे कि दोनों समूह एक दूसरे में मिल जाएं। फिर दोनों बादशाह अपने-अपने कबूतरों को वापस बुलाते थे। अब देखा यह जाता था कि किसकी टोली ने दूसरी टोली के कितने कबूतर को अपनी टोली में खींच लिया और इसी के आधार पर हार जीत का फैसला होता था। तो बच्चों, एक तरह से कबूतर उस समय मनोरंजन का साधन थे। कहीं-कहीं आज भी ये खेल देखने को मिल जाते हैं।

इसके अलावा कबूतर शिकारियों के लिए बड़े मन पसन्द शिकार होते हैं। इनका शिकार कर, कुछ इनको खाते भी हैं। इनके परों की हवा, दमें के मरीजों के लिए बड़ी लाभदायक होती है। इनका मल यानी "बीट" तो हमारे कृषि क्षेत्र में बड़ी शक्तिशाली खाद है। इसको इकट्ठा करके कुछ देर पानी में भिगों कर खेतों में छिड़क देने से जमीन बहुत उपजाऊ हो जाती है।

सबसे बड़ी और अच्छी बात इनके विषय में यह है कि ये बड़े शान्तिप्रिय होते हैं। इसीलिए इनको 'शान्ति' का प्रतीक माना जाता है। तुम लोगों ने अक्सर ही अपने प्यारे नेहरू चाचा को तस्वीरों में या पिक्चर में कबूतर उड़ाते या कन्धें पर कबूतर को बैठाए हुए देखा

होगा। ये छवि दुनिया को शान्ति का सन्देश देने के लिए ही गढ़ी गयी थी। तुमने कभी सोचा- नेहरू चाचा से कबूतरों का क्या सम्बन्ध। हमारे नेहरू चाचा भी शान्ति के पुजारी थे और कबूतर को शान्ति का प्रतीक माना जाता है। कबूतर उड़ाकर वो विश्व को शान्ति का संदेश भेजते थे कि हमारा देश एक शान्ति पसन्द देश है और हम विश्व में भी शान्ति की कामना करते है... और इसीलिए कबूतरों को आज भी ''शान्ति का दूत'' कहा जाता है।

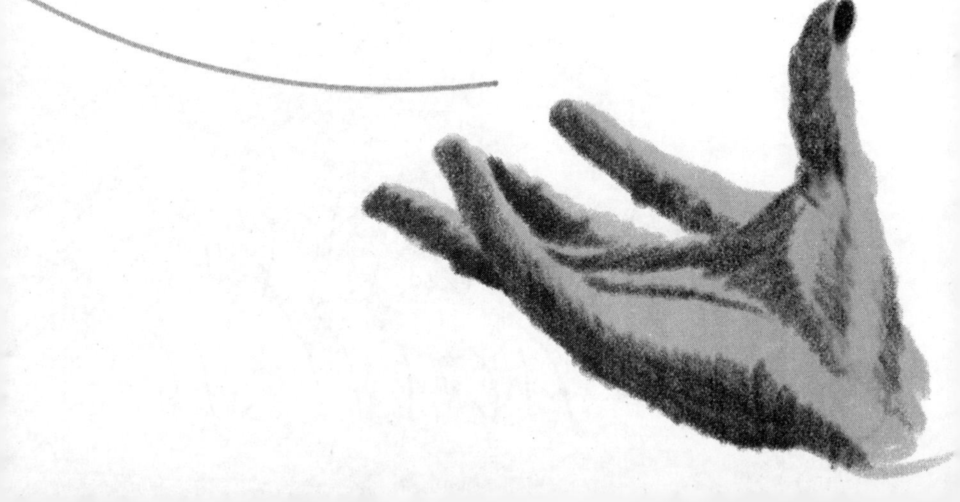

उड़ते रंग तितली

बच्चों, अगर मैं तुमसे पूछूँ कि क्या तुमने कभी हवा में उड़ते रंग देखे हैं तो शायद तुम में से अधिकांश का जवाब होगा "हाँ, होली पर।" और ये जवाब सही भी होगा क्योंकि होली पर जब हवा में रंग-बिरंगे गुलाल से होली खेली जाती है तो ऐसा मालूम होता है जैसे सारे वातावरण में रंग उड़ रहे हो। पर, इसके अलावा भी कभी रंग उड़ते देखे हैं तुमने? देखा ज़रूर होगा, पर यूँ कहो कि तुम्हारा ध्यान वहाँ तक पहुँच नहीं रहा है। अरे भई रंग-बिरंगे फूलों से भरे बाग-बगीचों में जब ढ़ेरों प्यारे-प्यारे रंगीन परों वाली तितलियाँ उड़ती दिखाई पड़ती हैं तो क्या ऐसा नहीं लगता कि प्रकृति दोनों हाथों से इन फूलों, तितलियों के सहारे, जी भर के रंग लुटा रही है। अब ये तो न कहो कि हमने तो ना बगीचा देखा ना ही तितली।''

तो बच्चों, फूलों से भरे उपवनों में रंग लुटाती तितलियों को तुमने देखा भी होगा, उसे पकड़ने के लिए उतावले होकर उसके पीछे-पीछे

सारे उपवन का चक्कर भी लगाया होगा और कभी बहुत देर तक पीछे दौड़ाने के बाद भी तितली रानी तुम्हारे हाथ नहीं आई होगी तो खीझे झल्लाए भी होगे, पर तुमने कभी तितली रानी के बारे में कुछ जानने की कोशिश नहीं की होगी। और करोगे भी कैसे! तुम भी तो तितली की तरह सारा दिन दौड़-धूप करते रहते हो; सोचने की फुर्सत ही कहाँ मिलती होगी। पर, अपनी तितली रानी के बारे में अगर कुछ कोई बताए तो तुम बड़ी उत्सुकता से सुनोगे ये मैं जानती हूँ। इसीलिए आज मैं कुछ बातें तितली के बारे में तुम्हें बताने जा रही हूँ।

तितलियाँ संसार के एक छोर से लेकर दूसरे छोर तक यानी दुनिया के हर कोने में पाई जाती हैं। पर हर मौसम में नहीं। बहुत अधिक सर्दी या गर्मी में ये नहीं दिखाई पड़तीं। इनका आना बसन्त आने के पहले होता है। यूँ समझो कि बसन्त, धरती पर अपने आने की खबर इन्हीं

तितलियों और फूलों के माध्यम से भेजता है। प्रकृति के रूप बदलाव का ये खेल इन्हीं तितलियों और फूलों के सहारे शुरू होता है। बसन्त के अन्त में मादा तितली पत्तों के निचले भाग पर सैकड़ों की संख्या में अण्डे देती है ताकि उन पर दुश्मनों की निगाह आसानी से न पहुँच सके। ये अण्डे गुच्छों में रहते हैं। कुछ दिनों बाद अण्डों में से छेद करके इल्लियाँ निकलती है जिन्हें तुम 'कैटरपिलर्स' के नाम से जानते हो। तुमने शायद कभी फूल गोभी या बन्द गोभी के पत्तों में रेंगते हुए इन्हें देखा हो! ये 'कैटरपिलर्स' भी बहुत रंगीन और बहुत ख़ूबसूरत होते हैं। ये बाहर आते ही पहले अण्डों के छिलकों पर अपना हाथ साथ करते हैं फिर तुरन्त उन पत्तियों को खाना शुरू कर देते हैं जो कभी उन्हें आश्रय देती रही हैं। जिन पत्तियों को ये खाती है उनकी केवल शिराएँ या ढाँचा मात्र ही बचा रहता है। इन कैटरपिलर्स को जैसे खाने के सिवा कोई और काम ही नहीं रहता। तुम सोचोगे कि खाने की ऐसी जल्दी क्यों पड़ी रहती है इन लालची कैटरपिलर्स को। तो बच्चों, इन्हें प्रकृति खाने के लिए सिर्फ तीन हफ्ते का समय देती है जिसके बाद ये इतने ही समय के लिए आराम करने को एक थैली-सी चीज में बन्द हो जाती है। ये दिन भर खा-खाकर इतनी मोटी हो जाती हैं कि उनके शरीर की खाल कस जाती है। ऐसी हालत में पहुँचने पर कैटरपिलर्स अपनी कसी हुई

पोशाक को सर की ओर से सरकाकर उतार डालती है जैसे साँप केंचुल उतारते हैं। विज्ञान में इस प्रक्रिया को मोल्टिंग कहते हैं। कई बार इसी प्रकार करने के बाद कैटरपिलर्स को प्लास्टिक जैसे एक कड़ी खोल के भीतर कैद हो जाना पड़ता है। उनकी यह खोल इतनी कड़ी होती है कि न तो वे उसके बाहर आ सकती है, न कोई दुश्मन उन्हें जल्दी नुकसान पहुँचा सकता है। ऐसी दशा में वे किसी सुरक्षित स्थान में उल्टी होकर लटक जाती है। इनके जीवन-चक्र की इस अवस्था को ''मूककीट'' या ''क्राइसेलिस'' कहा जाता है। इस क्राइसेलिस अवस्था में कई हफ्ते रहने के बाद एक दिन उसकी कड़ी खोल तोड़ कर बाहर आती है हमारी सुन्दर और रंगीन तितली रानी। थोड़ी देर अपने गीले पंख सुखाने के बाद ये अपना छोटा-सा जीवन बिताने को उड़ जाती हैं, हवा में- तितली का जीवन सचमुच ही थोड़े समय का होता है। बात ये होती है कि तितली के रूप में आ जाने के बाद इसे शरीर के लिए पर्याप्त खाना नहीं मिल पाता। तुम्हें तआज्जुब होगा ये सुनकर कि तितली के पास खाने के लिए मुँह नहीं होता। वह अपनी लम्बी जबान से जो घड़ी की स्प्रिंग की तरह लिपटी रहती है, घूम-घूम कर, फूलों से रस सोखती रहती है। चर्बी के रूप में उसके शरीर में इकट्ठा हुए यह रस का ढेर

जब तक रहता है तभी तक तितली का जीवन चलता है। इस वसा या चर्बी के खत्म होते ही हमारी तितली रानी की ज़िन्दगी समाप्त हो जाती है। इस प्रकार तितली की ज़िन्दगी मुश्किल से एक-डेढ़ महीने की होती है। इनका जीवन तो छोटा होता है पर प्रजनन इनके भयंकर तीव्रता के साथ होता है।

अब तुम पूछ सकते हो कि जब इसका मुँह ही नहीं होता तो ये आपस में बात-चीत कैसे करती हैं? तो बच्चों, ये जिस समूह में आती है उस समूह के प्राणी मुँह से नहीं बोलते, बल्कि शरीर के किसी अंग को रगड़ कर आवाज़ निकालते हैं। तितली अपने मूँछों के बालों को आपस में रगड़ कर अज्ञात मूक भाषा में बाते कर लेती हैं। मूँछ के इन्हीं बालों से ये स्पर्शेन्द्रियों का भी काम लेती है। इसके स्पर्श से ही ये किसी चीज़ के होने का एहसास कर लेती है। इनमें सूँघने की शक्ति भी अद्भुत होती है। इसीलिए तो फूलों की सुगन्ध इसे अपनी ओर खींच, बुलाती है। नर तितली लगभग एक मील की दूरी से भी मादा की उपस्थिति का अनुमान लगा लेती है।

बच्चों स्पर्शेन्द्रिय की बात आई है तो लगे हाथ तुम्हें एक अजीब बात और बता दूँ इन तितलियों के बारे में! इनकी आँख देखने में तो हम लोगों की ही आँख जैसी लगती है। पर हम लोगों की आँख सरल आँख होती है। परन्तु तितली की आँख को "संयुक्त आँख" कहते है क्योंकि इनकी आँख में हम लोगों जैसी लगभग सत्रह हजार आँखे होती हैं। है ना बच्चों अजीब बात? ज़रा सोचो तुम जब किसी चीज़ को देखते हो तो तुम्हारे दिमाग में उसका केवल एक प्रतिबिम्ब बनता है पर तितली रानी अगर तुम्हें देखे तो उसके दिमाग में तुम्हारे सत्रह हजार प्रतिबिम्ब एक साथ बनेंगे। ये सरल नेत्र आपस में इस तरह सटे

रहते हैं जैसे अँगूठी में छोटे-छोटे नग। इतनी ढ़ेर सारी आँखों के होने के बाद भी ये ज्यादा दूर तक नहीं देख सकती। इतनी आँखों के होने का फायदा सिर्फ इतना है कि ये अपनी पीठ के तरफ की चीज़े भी आसानी से देख लेती है और रंगों को पहचान लेती है। अपनी जाति-बिरादरी में रंगों को पहचानने की क्षमता सबसे ज्यादा इनमें ही होती है।

तितली का शरीर सभी कीटों की तरह सिर, धड़ और पेट इन तीन हिस्सें में बँटा होता है। सिर पर तो आँख, मूँछ, वगैरह होते हैं, और धड़ के हिस्से में तीन जोड़ी टाँगे और दो जोड़ा पंख होते हैं। तितली का तीसरा हिस्सा पेट होता है जो दस खण्डों से मिलकर बना होता है और प्रायः पंखों से ढका रहता है। तितली की ही जाति में पतंगे भी आते हैं जिनकी बनावट लगभग तितली की ही तरह होती है। पर इनमें और तितली में फ़र्क़ ये है कि जहाँ तितली दिन में घूमती है, रात में आराम करती हैं वहाँ पतंगे रात में निकलते हैं और दिन में आराम करते हैं। इसके अलावा आराम करते वक़्त इनके दोनों पंखों की स्थिति में भी फ़र्क़ होता है। तितली के पंख तो हमेशा खड़े रहते हैं पर पतंगे बैठा होने पर अपने पंखों को पीठ पर चपटा मोड़कर रख लेते हैं।

ये तो हुई बातें तितली रानी के शरीर के बारे में। अब जाओ उससे लाभ-हानि का भी हिसाब लगाएँ। बच्चों तुम्हें जानकर तआज्जुब होगा कि तितली ही एक ऐसी चीज़ है, जिससे हमें कोई नुकसान नहीं होता। हाँ, इसके कैटरपिलर्स पत्तियाँ ज़रूर खा जाते है। इन तितलियों में ही रेशम वाले कीड़े आते हैं जिनसे हमें रेशम मिलता है। इन कैटरपिलर्स को ही रेशम का कीड़ा कहते हैं। इन कैटरपिलर्स के मुँह से एक द्रव-सा निकलता है जिससे ये अपना थैला या कोया बनाते है जिनमें ये आराम करते हैं। इन्हीं रेशमी थैलों से हमें रेशम मिलता है। इसके अलावा ये एक फूल से दूसरे फूल में पराग पहुँचा कर फूलों के परागण में मदद करती है।

सबसे बड़ी बात तो यह है बच्चों, कि अपनी सुन्दरता से कवियों को, साहित्यकारों को लिखने की प्रेरणा देती है। पुराने समय से अब तक कवियों, कलाकारों का ध्यान ये बराबर आकर्षित करती रही है। न जाने कितने कवियों ने छोटी-बड़ी कितनी ही कविताएँ, कितने ही गीत लिख डाले है तितली रानी पर। एक गीत तो मुझे अभी ही याद आ रहा जो किसी न किसी समय तुम लोगों ने भी एक दो बार गुनगुनाया ज़रूर होगा। क्यों, याद आ गया ना? हाँ, वही गीत -

तितली उड़ी, उड़ जो चली
फूल ने कहा आजा मेरे पास
तितली कहे मैं चली आकाश।

दूर देश से बच्चों के नाम एक पत्र:
व्हेल मछली

हैलो बच्चों। मैं व्हेल मछली हूँ- इतनी बड़ी दुनिया में इतने प्रकार के जीव-जन्तुओं में सबसे बड़ा जीव। मैं समुद्र की अतल गहराइयों में यानी गहरे पानी में रहती हूँ और तुम्हे बता दूँ कि यहाँ समुद्र के भीतर की दुनिया उतनी ही सुन्दर है और उतनी ही रोचक है, जितनी तुम्हारी अपनी धरती की।

तुम सोच रहे होगे कि समुद्र में रहती हूँ तो तुमसे बात कैसे कर रही हूँ। तो बता दूँ- हमें बच्चों से बहुत प्यार होता है। अपने भी और दूसरों के भी इसीलिए मन किया तुम लोगों से बात करूँ। ना ना- मेरे बड़े आकार से डरो मत- मैं तो मांस मच्छी खाती ही नहीं। मैं समुद्र के पानी में बह रह रहे छोटे-छोटे झींगा, केकड़े जैसे जीव-जन्तुओं का

भोजन करती हूँ। हाँ मेरी बड़ी बहन है ''स्पर्म व्हेल'' वह मांस खाती है। जानते हो कितना! दिन भर में कुल मिलाकर लगभग एक टन। इसमें ताज्जुब की क्या बात? हमारे डील-डौल की भी तो सोचो... जानते हो हमारा वजन कितना होता है? एक सौ सत्तर टनों के करीब-यानी अड़सठ किलोग्राम के 2,270 आदमियों का इकट्ठा जितना वजन होगा, उतना वजन। और लम्बाई मुँह से लेकर पूंछ तक 113-114 फुट। अब इतने बड़े शरीर में इतना खाना तो लगेगा ही न।

तुम्हें बता दूँ बच्चों- इसी खाने की ज़रूरत से हमें समुद्र में आना पड़ा, वरना हम भी तुम्हारी ही तरह धरती का जीव थे। सचमुच आज

से करोड़ों साल पहले-विकास के क्रम में जीवन समुद्र से धरती पर आया तो हमारे पुरखे भी धरती पर आ गए लेकिन धरती पर धीरे-धीरे जाति-प्रजाति बढ़ती गई तो खाने की कमी होने लगी। इसके अलावा

फिर बहुत सारे प्राणियों से अपनी जान का खतरा भी होने लगा तो हमारे कुछ रिश्तेदारों सहित प्रकृति ने हमें वापस समुद्र में जाने का इन्तज़ाम कर दिया। हमारे शरीर को मछलियों की तरह बना दिया। हमारे और निकट सम्बन्धी सील, वालरस, डॉल्फिन आदि का शरीर उतना मछली की तरह नहीं है, जितना कि हमारा- वे तो बच्चों को जन्म देने सामूहिक रूप से धरती पर जाते भी हैं- पर हमें प्रकृति ने पहले की तरह पानी में रहने लायक बना दिया। धरती से हमारे इस सम्बन्ध के कारण आज भी हमें वहाँ के जन्तुओं के नाम से जाना जाता है। जैसे सील मछली को कहते हैं ''समुद्री शेर''और हमें कहते है ''समुद्री गाय।''

अरे रे, देखो तो वह सामने से कितनी सुन्दर मछलियों का ये झुण्ड निकल गया- ये हमारे पास आती तो कितना अच्छा होता- पर नहीं आएगी- मैं कोई उनके परिवार की थोड़ी ना हूँ। तुम्हें नहीं मालूम बच्चों- मैं मछली नहीं हूँ। मैं भी जीवों के उसी वर्ग में आती हूँ, जिसमें तुम आते हो- यानी स्तनपायी या ''मैमल'' हूँ, जिनकी पहचान होती

है शरीर पर बाल, कान और बच्चों को मिलने वाले माँ के दूध से। हमारे शरीर का रोआँ यानी बाल सिर्फ नाक तक सीमित रह गया है- जैसे मूंछ होती है वैसे ही। तुम्हारी दुनिया की तरह हमारे यहाँ भी छोटे परिवार होते हैं- साल भर में सिर्फ एक बच्चा होता है- और वह सात महीने तक माँ का दूध पीता है। तुम्हारी माँ जैसे तुम्हारी देखभाल करती है। वैसे ही हम भी अपने बच्चे की देखभाल करते है हमें सांस लेने के लिए बार-बार पानी की सतह तक आना पड़ता है। एक बार में हम 40 मिनट तक पानी के भीतर रह लेते हैं। सांस लेने के लिए हमारे दोनों नाक के छेद मुँह के पास सामने की जगह, सिर के ऊपर आ गए है, जिससे हम जब इस्तेमाल की हुई सांस ऊपर फेंकते है तो पानी की बौछार दूर तक ऊपर जाती है, जो दूर से देखने वालों को फव्वारे जैसा लगता है। ''मैमल'' या स्तनपायियों की तरह हमारे कान भी होते है, पर तुम्हारी तरह बाहर के नहीं- भीतरी। और बच्चों हममें आवाज सुनने की और आवाज निकालने की अद्भुत क्षमता होती है।

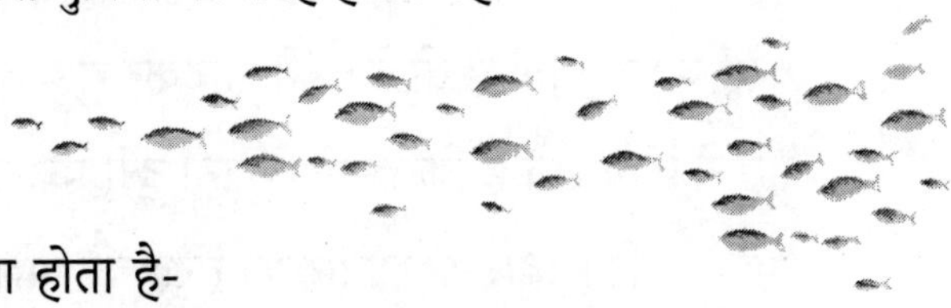

ये आवाज सुनी है कभी तुमने... मैं जहाँ हूँ वहाँ से कोई 5 किमी० की दूरी पर मछलियों का एक बड़ा समूह है- इतनी दूर हमने देखा कैसे-

ये हमारी अजीब-सी शक्ति है बच्चों। जैसे चमगादड़ रात के अन्धेरे में भी ध्वनि तरंगों से चीजों को महसूस कर लेता है। ठीक वैसे ही हम भी ध्वनि तरंगें पैदा करते हैं जो दूर तक जाती है और उनके रास्ते में जब कोई बाधा आती है तो ये तरंगे लौटकर मुझ तक आ जाती है। इससे हम ये जान लेते है कि हमसे कितनी दूरी पर, क्या चीज है और किस आकार की। रडार या सोनार की तरह की प्रक्रिया होती है। हूँ उ उ... पानी की इस गहराई पर कितनी ठण्ड है, पर हमें तो यहीं रहना होता है। दक्षिणी ध्रुवों के आस-पास के बर्फ से ठण्डे पानी में। तुम्हारे यहाँ तो जरा-सी ठण्ड पड़ती है, तुम पट से ऊनी कोट पहन लेते हो ना वैसे ही ठण्ड से बचने को हमें प्रकृति ने दिया है एक मोटा कोट। हमारी त्वचा के नीचे चर्बी की खोल यानी फैट (वसा) की मोटी तह होती है, जिसे वैज्ञानिक लोग ''ब्लबर'' कहते है। ये हमे ठण्ड से बचाती है साथ ही जब हम बच्चों को जन्म देने गर्म पानी में जाते हैं, जहाँ हमारी रूचि का खाना हमें नहीं मिल पाता- वहाँ ये हमारे लिए रिजर्व फूड यानी बचाकर रखे गए खाने का काम करती है। हम बच्चों की खातिर मीलों की यात्रा करके गर्म पानियों के समुद्र में जाते हैं, क्योंकि तुरन्त पैदा हुए बच्चों में ये खोल नहीं होती- धीरे-धीरे जब ये बच्चों में बनने लगती है तब बच्चे को लेकर ठण्डे पानी में वापस आ जाते हैं। पर क्या

बताऊँ बच्चों, यही 'ब्लबर' ही तो हमारी मुसीबत बनी हुई है। इसी की खातिर लोग हमारा शिकार करते रहे हैं। उससे टनों तेल मिलता है इसीलिए। हमारे एक साथी के शरीर से कई-कई टैंक तेल मिलने के कारण तेल का धन्धा करने वालों ने हमें इतना मारा कि आज हमारी संख्या केवल नौ-दस हजार के करीब ही रह गई है और ये भी सुदूर दुनिया के इस कोने में कि मै चाहूँ तो तुमसे मिल नहीं सकती- पत्र से ही काम चला रही हूँ।

...अरे रूको तो ज़रा एक मिनट लगता है मेरे मुँह में ढेर सारा खाना इकट्ठा हो गया है - ज़रा इसे गटक कर 'बलीन' खाली कर दूँ तो तुमसे फिर बात करती हूँ। क्या कहा?- ये "बलीन" क्या होता है- हाँ ये एक अद्भुत चीज होती है हमारे शरीर में। हमारे बड़े से मुँह में- हड्डियों की बनी एक टोकरी-सी संरचना होती है, जैसे तुम्हारे पसलियों की हड्डियाँ होती हैं न- वैसी ही- ऊपर के जबड़े से उल्टी लटकी एक टोकरी ये बड़े काम की होती है। हम समुद्र के शान्त पानी में मुँह खोले विचरते है- मुँह में जाने वाले पानी के संग जो भी छोटे-छोटे, जीव-जन्तु और

वनस्पतियाँ मुँह में जाती रहती हैं वो इसी टोकरी में फंसती रहती हैं। पानी गलफड़ों से बाहर निकलता रहता है। घण्टों बाद जब ढेरों खाना इकट्ठा हो जाता है तो हम पेट के अन्दर खींचकर 'बलीन' को खाली कर देते है- फिर से भरने के लिए।

हमारी बड़ी बहन ''स्पर्म व्हेल'' में इसकी जगह दाँत होते हैं, पर खाली नीचे के जबड़े में- ऊपर के जबड़े में इन दाँतों के फिट होने के लिए गड्ढे होते हैं, जिससे ये कस कर मुँह बन्द रखती है।

बच्चों अपने बारे में एक मजेदार बात बताऊँ तुम्हें? ''घड़ियाली आँसू" का ज़िक्र तो सुना होगा ना? अरे वही झूठ-मूठ के आँसू- हम भी बहाते हैं झूठ-मूठ के आँसू। ग्रीज की तरह की एक चीज हमारी आँख से बहकर आँखों को ढक लेती है, क्योंकि हमारी आँखों में समुद्र का खारा पानी लगता है। हमारे ये ''घड़ियाली आँसू'' तुम देख पाते अगर तो हम दुनिया के एक छोर पर ही न बाकी रह गए होते। बच्चों तुम्हारे वर्ग के लोगों ने चर्बी-तेल और मांस के लिए हमारा इतना शिकार किया कि हमारी कई जातियाँ तो खत्म होने को आ गई हैं। हमारी बची हुई कुल संख्या करीब एक लाख दस हजार रह गई है। अब इधर लोगों में थोड़ी जागरूकता आई है और हमें बचाने की बात की जाने लगी है- हम तो किसी का नुकसान नहीं करते- अपने साथियों

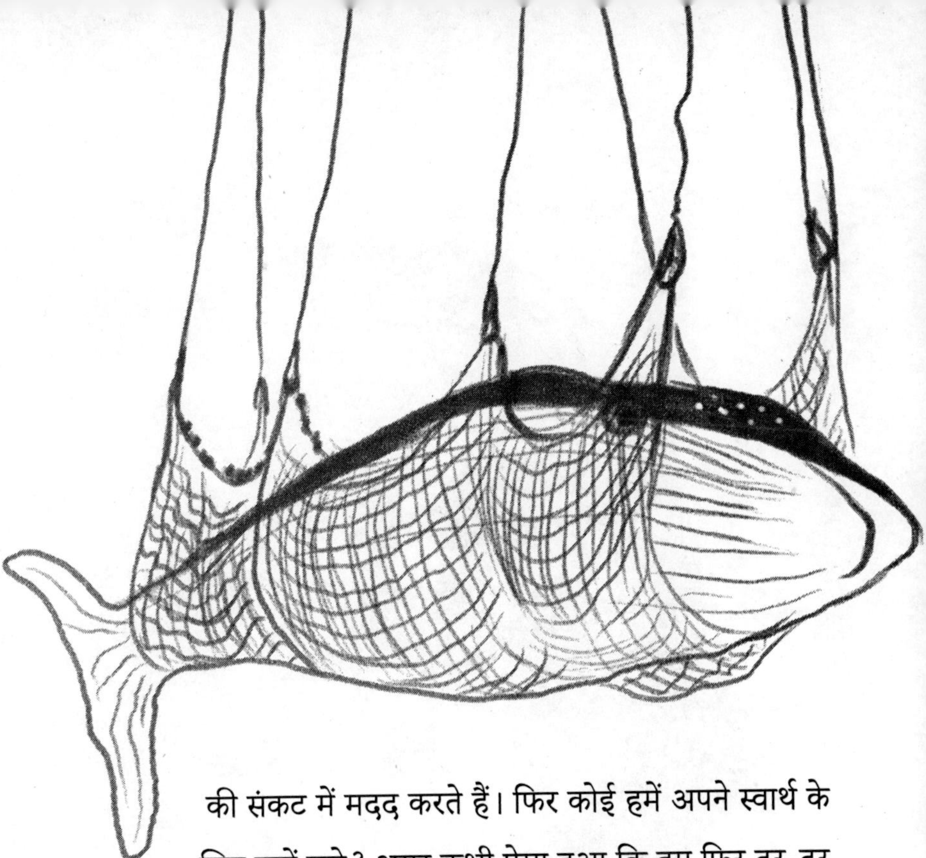

की संकट में मदद करते हैं। फिर कोई हमें अपने स्वार्थ के लिए क्यों मारे? अगर कभी ऐसा हुआ कि हम फिर दूर-दूर के पानियों में फैले- तो हम तुम्हारे देश भी ज़रूर आएंगे तुमसे मिलने। और तब बच्चों हम तुम्हारे लिए अजूबा भी नहीं रह जाएंगे। तब तक के लिए बाय - देखो मेरा बच्चा परेशान होकर मुझे ढूँढ रहा है- चलूँ। उसके पास। और तुम अपना ख्याल रखना। अच्छा, बाय-बाय।'' कभी फिर मिलेंगे''।

मैं डॉल्फिन मछली हूँ

हैलो बच्चों। मैं तुमसे बहुत दूर इस समुद्र से बोल रही डॉल्फिन हूँ। अभी कुछ दिनों पहले हमारी सबसे बड़ी बहन "व्हेल" तुम लोगों से मिलकर आई तो उसने बताया तुम सब हमारे बारे में जानने को कितने उत्सुक हो- सो मेरा भी मन हो आया तुम लोगों से कुछ बात करने का।

बच्चों हमसे अपरिचित नहीं होगे तुम लोग- अपने टी.वी. पर तुमने हमें छोटे-छोटे पूलों यानी तालाबों में आदमियों के इशारे पर करतब करते देखा होगा- हाँ, हम तुम सब की तरह ही बड़े खिलंदड़ होते हैं और थोड़ी-सी ट्रेनिंग पर अपने टीचर के इशारे पर हम बड़े-बड़े करतब दिखाते हैं। नाचने लगते है- गाने लगते है- बॉल खेलने लगते हैं।

बिरादरी की दूसरी बहनों की तरह हम भी खतरनाक नहीं है। ना ही तुम्हारे साथी हमारा शिकार करते हैं। हजारों साल से हमारा और इन्सानों का साथ रहा है। कैसे, वो थोड़ी देर बाद बताऊँगी- पहले ज़रा अपने रूप-रंग, आकार-प्रकार की बात कर लूँ!

बच्चों, तुमसे कुछ ने शायद हमें देखा हो- समुद्रों के अलावा हम नदियों के पानी में भी रहते हैं- तुम्हारी गंगा-यमुना के पानी में हमारे साथी कभी

बहुतायत से पाए जाते थे- अभी भी हमारी एक प्रजाति ''सूंस डॉल्फिन'' गंगा में छलांग लगाते दिखाई पड़ जाती है जिसे यहाँ के मछुआरे अपनी भाषा में 'सुइस' मछली कहते हैं।

हमारा शरीर मछली की तरह होता है- हाथों की जगह दो पंख/फिन्स जैसे अंग होते है जिन्हें 'फिल्पर' कहते हैं। मछली की ही तरह पीठ पर एक फिन होती है- जो पानी में तैरते समय पानी की सतह से ऊपर निकली रहती है और हम जब बड़ी संख्या में एक साथ चलते है तो दूर से ऐसा लगता है जैसे ढेर सारी पाल वाली नावें तेजी से चली आ रही हो।

हमारा मुँह आगे की ओर निकला होता है जैसे किसी बोतल की गर्दन- इसीलिए समुद्र में रहने वाली हमारी एक जाति को ''बाटल नेक डॉल्फिन'' कहते हैं यानी बोतल की गर्दन के आकार की डॉल्फिन। एक प्रजाति स्पॉटेड डॉल्फिन की होती है जिसके शरीर पर बड़े-बड़े धब्बे से होते हैं। रंग काला- भूरा, सफेद कुछ भी हो- हमारे सिर का आकार बड़ा अजीब होता है। जैसे कोई तुम्हारे माथे पर ढेर सारी मिट्टी थोप दे- हमारे सिर पर ऐसे ही ढेर सारा माँस होता है जिससे माथा छज्जे की तरह बाहर निकला रहता है। इसी के बीच एक छेद होता है जिससे हम तरह-तरह की आवाज निकाल पाते है।

हाँ, बच्चों यहाँ एक रोचक बात बताऊँ तुम्हें- ऊपर से

देखकर तुम्हें लगता होगा कि समुद्र के भीतर का माहौल बड़ा शान्त होता होगा- बेआवाज़, पर ऐसा नहीं है। समुद्र के पानी में भी बहुत तरह की आवाज़े चलती फिरती रहती है जिन्हें हम समुद्री जीव ही ग्रहण कर सकते है- तुम्हें पता है हम डॉल्फिन तकरीबन 30 तरह की आवाज़ें निकाल सकती हैं जो हमारे साथी समझ लेते हैं। तुम्हारे साथी हमारी इस भाषा पर शोध भी कर रहे हे- और उन्होंने देखा है कि थोड़े से अभ्यास में हम कुछ एक शब्द जैसे 'हैलो', 'थैंक्यू', 'कैसे है' इत्यादि समझने और इस्तेमाल करने लगते है।

बच्चों ऐसा इसलिए है कि हमारा शरीर तो है मछली की तरह पर हम मछलियों से बहुत अधिक विकसित, इन्सानों के वर्ग 'मैमल' यानी स्तनपायियों में आते है जिनका दिमाग बहुत विकसित होता है - हममें भी तुम लोगों जैसे ही भावनाएँ होती हैं - खुशी, दुःख, रुठना, मनाना, खेलना, लड़ना, दूसरे की चिन्ता करना- तुम्हारे मम्मी-पापा जैसे तुम लोगों का ख्याल रखते है वैसे ही हम भी अपने बच्चों की तब तक बहुत देख-रेख करते है जब तक कि वो स्वयं अपनी फ़िक्र खुद करने लायक न हो जाएँ- जैसे तुम सब एक बड़े से परिवार में रहते हो जिसमें दादा-दादी, ताऊ-ताई, चाचा-चाची, भाई-बहन सब रहते है- हम भी बड़े से परिवार की तरह रहते हैं। और परिवार के सभी बुजुर्ग बच्चों का ध्यान रखते हैं। तुम्हें बताएं बच्चों, जब हमारा बच्चा छोटा होता है तो उसे ये नहीं मालूम होता कि हमें साँस लेने के लिए पानी से बाहर निकलना पड़ता है- हम कोई मछली तो होते नहीं कि पानी में साँस ले सके- तो उसे पहली बार सतह पर जाकर साँस लेना हमें सिखाना पड़ता है- हम सब मिलकर उसे धक्के दे देकर सतह

पर ले जाते है- एक दो बार के बाद वह समझ जाता है तो फिर अपने आप जाने लगता है। हमारी यही आदत बच्चों पुराने समय में तुम्हारे साथियों के बड़े काम आई- पहले जब लोग समुद्र के रास्ते ही यात्रा किया करते थे तो कभी नाव उलट जाती या कभी कोई पानी में गिर जाता तो हम ऐसे ही डूबते हुए इंसानों को अपने थूथुन से धक्का दे देकर किसी किनारे पहुँचा देते थे और डूबता उतरता इंसान ये समझता कि कोई समुद्री देवी या देवता उसे बचा लाया है। शायद इसी से कथाओं की 'मरमेड' की कल्पना निकली हो जिसका आधा शरीर स्त्री का और आधा मछली का होता है जो मनुष्यों की सदा ही सहायता करती रही है, क्योंकि हम भी आधा धड़ पानी के बाहर निकाल कर खड़े हो लेते हैं।

बच्चों जानते हो हमारा और मछुआरों का बड़ा पुराना साथ है ये कब से शुरू हुआ पता नहीं पर हमें ये संस्कार अपने पुरखों से मिलें है- समुद्र के भीतर मीलों दूर वस्तुओं का पता लगाने की अद्भुत क्षमता होती है हममें। हम ध्वनि की ऐसी वे तरंगे पैदा करते है जो पानी के भीतर तेजी से चलती है और जब किसी चीज से टकराती है तो लौटकर हम तक वापस आ जाती है- ये तरीका बड़े-बड़े वैज्ञानिक पानी में चीजों का पता लगाने के लिए इस्तेमाल कर रहे है जिसे तुम शायद 'इकोसाउन्डिंग' कहते हो। हम इससे मछलियों के बड़े-बड़े समूहों का पता लगा लेते हैं। फिर अपनी रह-तरह की आवाज़ों से उन्हें डराते-धमकाते किनारे की तरफ खदेड़ते हैं जहाँ मछुआरे अपना जाल लिए हमारे संकेतों की प्रतीक्षा करते होते हैं। हमारे समूह में से कोई एक पानी से बाहर उछल कर उन्हें ये संकेत देता है

और हम मछलियों के झुण्ड से दूर हो लेतें हैं - मछुआरे जब अपने जाल डालकर मछलियाँ निकालते है तो कुछ हमारे लिए बच जाती हैं- हम उन्हीं को अपना मेहनताना समझ लेते हैं।

अब तुम समझ सकते हो हमारा तुम्हारा साथ कितना पुराना है। तुम्हारे कितने ही साथी हम पर ही ढेरों शोध कर रहे हैं और अभी हाल ही में ये पता चला है कि हमारे साथ तैरना कितने ही मनोरोगियों को उनके दुःखी मनःस्थिति से निकालने में दवाईयों से ज्यादा फायदेमन्द होता है। विकलांग बच्चों को हमारे साथ तैरना एक तरह के आत्मविश्वास से भरता है। तुम जानते हो साथियों कितने ही समुद्र तटों पर हमारे कुछ साथी इन बच्चों के साथ खेल पाने के लोभ में ही आस-पास ही कम पानी में रहने लगते हैं। दरअसल हममें “खिलन्दडपन” जन्मजात गुण की तरह मिलता है। कभी समुद्री यात्रा करो तो पानी की सतह पर आधा किमी0 तक सैकड़ों की तादाद में उछलते खेलते हमारे समूह को देखना एक अद्भुत अनुभव होगा।

फिलहाल तो बच्चों हमसे तुम्हारी मुलाकात किसी ''रिक्रिएशन पार्क'' या "मनोरंजन पार्क" में हो सकती है जहाँ हमें ट्रेनिंग देकर सर्कस की तरह का प्रदर्शन कराया जाता है। तुमने शायद ऐसे पार्कों के बारे में सुना होगा या कभी टी॰ वी॰ पर देखा होगा- कई देशों में ऐसे पार्क बहुत समय से रहे हैं। अभी तुम्हारे देश में भी दक्षिण में कहीं ऐसे पार्क का निर्माण हुआ है- हमारे कुछ साथी वहाँ के पूल में रखे गए हैं और उन्हें प्रशिक्षित किया गया है। ज़रा पता तो करो ये पार्क हैं कहाँ और फिर अपने मम्मी-पापा के साथ कभी जाना वहाँ हमें देखने- बड़ा अच्छा लगेगा- हो सकता है तब तक हमारे ये साथी कुछ बोलना बतियाना भी सीख ले- तब हम तुमसे बात करेंगे, तुमसे हाथ मिलाएंगें- तुम्हारे साथ बॉल खेलेंगे और अगर तुम डरोगे नहीं तो तुम्हें अपनी पीठ पर बिठाकर पानी में सैर भी करा लाएंगे- फिलहाल तो चलते हैं- वो पानी में एक डॉल्फिन बच्चा ऊपर सतह पर जाने को बेचैन है- हमारे साथी भी इन्तज़ार कर रहे हैं- जल्दी ही फिर मिलेंगे- किसी रिक्रिएशन पार्क में। तब तक विदा बच्चों। अपना ख्याल रखना बच्चों!